D0678693

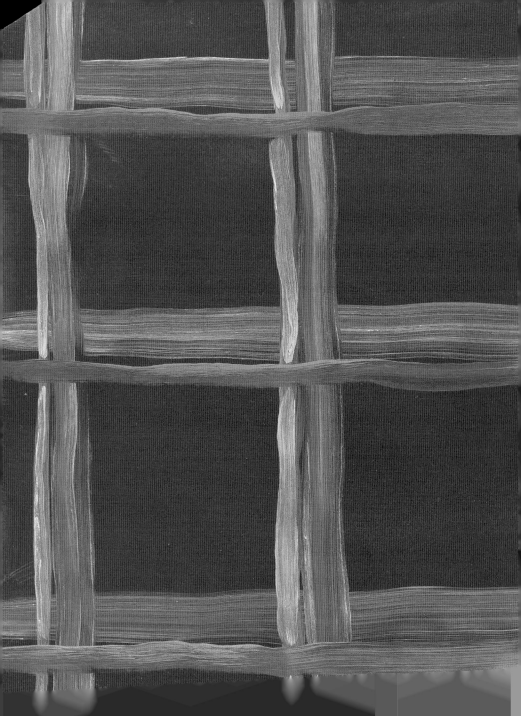

Pour Mathilde et Nathan

ISBN 978-2-211-08193-1
Première édition dans la collection *lutin poche* : janvier 2006
© 2004, l'école des loisirs, Paris
Loi numéro 49 956 du 16 juillet 1949 sur les publications
destinées à la jeunesse : septembre 2004
Dépôt légal : février 2018
Imprimé en France par Clerc SAS à Saint-Amand-Montrond

Émile Jadoul

JUSTE UN PETIT BOUT !

Pastel
les lutins de l'école des loisirs
11, rue de Sèvres, Paris 6ᵉ

Ça y est,
l'hiver est là !

Léa a bien chaud
avec sa longue écharpe.

«Donne-moi
un petit bout de ton écharpe,
lui demande l'oiseau.
J'ai tellement froid!»

«Bien sûr», répond Léa
en serrant tendrement
l'oiseau contre elle.

«Il fait très froid ce matin,
dit Lapin. Je suis gelé !
Donnez-moi un petit bout
de votre écharpe.»

«Mais oui, Lapin, viens
te réchauffer près de nous»,
répondent Léa et l'oiseau.

«On est bien
comme ça…
Tous les trois!»

«Quel froid, les amis,
dit Renard. Je suis gelé!
Donnez-moi un petit bout
de votre écharpe.»

Léa, l'oiseau et Lapin
regardent Renard. Ils se méfient…
«L'écharpe est trop courte
de mon côté», dit Lapin.
«Impossible, je suis au milieu,
je ne peux pas bouger», dit l'oiseau.
«Ce bout d'écharpe est vraiment
trop petit !» dit Léa.

«Alors, tant pis!» dit Renard.
Léa, l'oiseau et Lapin
regardent Renard qui s'en va.

«Euh… Juste un petit bout, alors!»
lui crie courageusement Léa.
«Ah! mes amis, je savais que je pouvais
compter sur vous! Vous êtes vraiment…

Mmmmm…
Adorables ! »